AF348148

QVELQVE CHOSE, POVR LES MAL-CONTENTS.

QVELQVE
CHOSE.

POVR n'eſtre point ingrat du bien & de
    l'honneur,
Que, ſans le meriter, d'vn celeſte bon-heur,
Me faiɫ de iour en iour voſtre main liberale,
Ie taſchois de trouuer quelque eſtrene Royale
Pour vous la preſenter à ce premier bon iour,
Où l'an vient commencer à refaire ſon tour,
Or ayant bien cherché, i'ay trouué l'aduerſaire
L'ennemy capital, & oppoſé contraire
Du Rien, qu'vn grãd eſprit a ſi tres-haut châté,
Qu'il l'a preſque logé deſſus la Deité.
  Mais laiſſons-le vanter de ſon Rien, les loü-
    anges,
Qu'il les faſſe voler iuſqu'aux peuples eſtrãges:
quelque choſe vaut mieux, qui l'oſera nier,
S'il ne vouloit le vray clairement renier,
quelque choſe vaut mieux mille fois que l'a-
    gate,
que le fin diamant, que la tendre gagate,
Que le riche rubis, l'amathyſte pourpré,

Le beril, le cristal, le saphir azuré,
Que la verde emeraude, & que la carchidoine
La perle, le corail, l'onyce, la sardoine,
Et que tous les ioyaux qu'apporte l'Orient,
Quelque chose vaut mieux que tout l'or &
    l'argent
De ce large Vniuers, l'estime Quelque chose
Plus plaisant beaucoup que l'œillet, ny la rose,
Que la blancheur du lys, ny que toutes les
    fleurs,
Que l'Aube bigaree en cent mille couleurs,
Qu'vn iardin arrosé d'vne claire fontaine,
Que des mollets zephirs la doucereuse haleine
Que le gay renouueau diapré richement,
Ayant le chef paré d'vn beau bigarrement,
Que le iour, que la Lune, & que le Soleil
    mesme ?
Quelque chose est plus noble aussi qu'vn dia-
    desme.
   Prise tant que voudra Parrhase son rideau,
Timanthe son Cyclope, Appelle le tableau
De la belle Venus, Zeuxe sa Grecque Dame,
Miroir de chasteté, ou son Heleine infame,
Ou bië le vif tableau des raisins tromp-oiseaux
Phidie sa Minerue, & autres œuures beaux :
Quelque chose pourtant est bië plus precieuse,
Quelque chose est encor plus rare & merueil-
    leuse,

Que ne fut Iupiter du champ Olympien,
Les murs de Babilon, le Temple Ephesien,
du Colosse orgueilleux la hauteur estonnante,
Que les fameuses tours dont l'Egipte se vante,
Que le riche tombeau que fit faire Artemis
A Mansole, ou celuy d'vne Semiramis :
Bref, que tout l'art diuin des colōnes, theatres.
Et des arcs triomphaux, & des Amphiteatres.
　　Les rebelles Geans sentirent autres fois
Le foudre punisseur du grand maistre des Rois
Qui terrassa leur corps estendu sur la poudre :
Quelque chose est pourtant plus forte que le
　　foudre.
　　La vertu ne se voit de nos yeux corporels
Ains nous la cognoissons des yeux spirituels,
Toutesfois on la cherche, on l'ayme mesme
　　absente,
Quelque chose est pourtant beaucoup plus
　　excellente.
　　Et dauantage vn Rien ne se peut conceuoir,
Toucher, flairer, gouster, ny entendre, ny voir:
Quelque chose se voit, se conçoit, s'oit, se
　　touche,
Se flaire par le nez, se gouste par la bouche.
　　Quelque chose se trouue en ce monde en
　　tous lieux,
Sō essence se voit en l'eau, l'air terre, & cieux:

Mais rien n'eſt touſiours rien, il n'a aucune
    eſſence,
Cherchez tant que voudrez, en Eſpagne & en
    France,
Chez le Mede, l'Arabe, & les Mahommetains,
Et aux autres pays plus proches & plus loin-
    tains,
En Eſcoſſe, Allemagne, Angleterr, Italie,
En Europe, en Affrique, & par toute l'Aſie,
Paſſez ſi vous voulez, iuſqu'au monde noüueau
Sondez le Ciel, l'Enfer, cherchez en l'air, en
    l'eau,
Rien ne s'y trouue point. ne croyez donc ſon
    Chantre,
Qui dit l'auoir trouué. Car s'il daigne qu'il
    entre
En deuis auec moy, ie luy prouueray bien,
Qu'à l'heure qu'il pẽſoit auoir trouué le Rien,
Il trouua quelque choſe, Hé, n'eſt-ce Quelque
    choſe
Des carmes tous diuins, dans leſquels eſt en-
    cloſe
La loüange du Rien? quand donc il fit vn don
De ſon Rien, il donna quelque choſe.
Ainſi iadis ce Grec qui eſtoit le plus ſage,
Et plus grand en ſçauoir des hommes de ſon
    aâge,

(Comme le tesmoigna l'Oracle Delphien
Deuant tous, en tout lieu, dist qu'il ne sçauoit
     Rien,
Toutesfois on trouua qu'il sçauoit Quelque
     chose,
   l'Escolier studieux iour & nuict ne repose,
Ains estant emflambé d'vn loüable desir,
Tantost à lire Ouide il met tout son plasir,
Ou arpente les Mers que passa Sisyphide,
Or' il nombre les corps que le preux Æacide
Fist tresbucher par terre aux champs Darda-
     niens,
Qui furent la pasture aux oyseaux & aux chiés
Cherchant l'occasion de sa grande colere :
Puis ayant espuisé la fontaine d'Homere,
Il gouste le nectar de l'Orateur Romain,
Ou de celuy de Grece : or' d'vne ardante main
Il happe en son estude vne Philosophie
D'Aristote ou Platon : or' la Theologie,
Le rauit tout à soy, ou bien nos sainctes lois,
Seur appuy de l'Estat des Princes, & des Roys :
Et sage cependant, pille de chaque liure
Quelque chose de bon, qui luy monstre à bien
     viure,
Ainsi qu'en la saison du fleury renouueau,
Nous voyōs par les champs, en maint & maint
     trouppeau

Volleter çà & là les soigneuses auettes
Sur mille & mille fleurs,or sus des violettes,
Ores sur les œillets,& le doré saffran,
Tantost sur l'aiglantier,& le thym hiblean,
Dessus la marjolaine,ou le lys,ou la rose,
Pour de chacune fleur amasser Quelque chose,
Mais encore qu'on fust plus sçauant que Platõ,
Que le Stagiritain,que le grand Salomon,
Si auroit on encor Quelque chose a apprendre
Qu'on ne peut definir,ny sçauoir ny compren-
    dre.
    Les liures des Gregeois, & des Doctes Ro-
    mains
Sont pleins diuinemét de discours plus qu'hu-
    mains,
Soit qu'ils ayét escrit,ou en carme,ou en prose
Si ont ils neantmoins oublié Quelque chose
    Or pourquoy le Marchand ne craint point,
    les brigands,
Le hazard de la mer, la rage des autans,
Le fer,le chaud,le froid,la gresle, la tempeste,
Et mille autres dangers qui menacent sa teste?
C'est pour se retirer en fin en sa maison,
Apres auoir acquis en sa verde saison,
Quelque chose pour viure estant viel, Ainsi
    comme
La petite formy(fort bel exemple à l'homme
                  D'vn

D'vn honnefte trauail) laquelle preuoyant
L'Hyuer qui doit venir fans ceffe va tirant
Quelque chofe, en Efté, auec fa bouchelette,
Et l'adjoufte à fon tas en fa creufe logette :
Puis elle ne fort plus, fi toft que le Verfeau
Auec fon afpre froid rameine l'an nouueau.
    Quelque chofe peut tout, fi la Parque enne-
      mie
A tranché le filet de voftre frefle vie,
Quelque chofe pourra vous retirer du port
De la noire Iunon, & furmonter la mort.
Eftes vous fur la mer en danger par l'orage ?
Quelque chofe pourra vous garder du nau-
      frage,
Si vous logez chez vous la dure pauureté,
Quelque chofe pourra rompre fa cruauté.
Auez vous voftre efprit accablé de trifteffe ?
Quelque chofe pourra luy donner allegreffe.
Si la fieureufe humeur vous tourméte le corps,
Quelque chofe pourra vous la chaffer dehors.
Voulez-vous marier voftre fillette tendre ?
quelque chofe auffi toft luy trouuera vn gédre.
Si l'amour doux-amer vous eftoit odieux,
Quelque chofe à la fin vous peut rendre amou-
      reux :
Mais fi vous eftes pris des beaux yeux d'vne
      Dame,

                                        B

Quelque chofe pourra appaifer voftre flâme.
Eftes vous detenu quelque part prifonnier ?
Quelque chofe pourra de là vous deliurer.
Eftes vous obligé pour argent à vn homme ?
Quelque chofe pourra acquitter cefte fomme.
Quelque chofe autres-fois fift defcendre des
    Cieux
Le grand Iupin d'enhaut, & prendre en ces
    bas lieux.
Ore la forme d'or,ou bien le blanc plumage
D'vn Cigne Caïftrin, tantoft l'humain vifage
De quelque paftoureau, ou d'vn Amphitryon.
Et Quelque chofe auffi fift monter d'Acheron
L'autre Iupin d'embas, & laiffer fes tenebres,
Apportant à Cerés mille larmes funebres.
 Vn chacun maintenant eft prompt & curieux
D'amaffer Quelque chofe, auffi ceux font heu-
    reux
Lefquels ont Quelque chofe : on les prife &
    honore ,
Et comme demy-Dieux le peuple les adore :
Sans ceffe tous les iours les vôt voir mille amis,
Et quelque part qu'ils vôt vous les voyez fuiuis
D'vn fcadron de valets,de laquais,& de pages,
On s'ofte du chemin pour leur faire paffages.
Mais celuy qui n'a Rien eft toufiours mefprifé
Et comme maloftru d'vn chacun delaiffé.

Il n'a aucuns amis, il n'a aucune ſuitte,
Et iamais en allant perſonne ne luy quitte
Le haut lieu par honneur : or' l'vn le vient
    pouſſer,
Vn autre le mocquer, fouler & haraſſer.
  Noble peuple François, ſi tu daignois en-
    tendre
A ce petit diſcours, & ſi tu voulois rendre
L'honneur deu au Seigneur, le ſeruir, le
    prier,
Iour & nuict ſon Sainct N o m loüer & inuo-
    quer,
Quelque choſe pourroit appaiſer la famine,
En ce temps malheureux, & ſa fiere couſine
La peſte abominable, & nous donner la paix,
La paix tant deſiree, & clorre pour iamais
De Ianus Cluſien la guerriere Chappelle,
Garrottant au dedans la Diſcorde cruelle,
Et la rebellion, le carnage, l'horreur,
Et la guerre ſanglante, auecques la fureur.
  Menez tant que voudrez vne vie ocieuſe,
Voſtre ame, ce pendant, qui n'eſt point pareſ-
    ſeuſe,
Fait touſiours quelque choſe, & ſans ſe repoſer,
Ores auecques le corps ne ceſſe d'operer,
Le nourrir, & l'aceroiſtre, & luy donner la vie,
Auec le ſentiment, or' ſans la fantaſie
              B ij

Elle a sa volonté libre, & l'eslection :
Elle peut definir, faire diuision,
Cognoistre & conceuoir la chose vniuerselle,
La chose incorruptible, immortelle, eternelle,
Discourir brauemét, croire en Dieu, l'honorer,
Et l'aymer, & le craindre, & en luy esperer,
Sans dependre du corps. Le resveur Epicure
S'est donc trop abusé, qui a fait sa nature
Fresle comme le corps, & subiecte à perir.
Car alors qu'Atropos nous côtraindra mourir,
L'ame fille de Dieu, cherie & bien-aimée,
Ne s'esuanoüira ainsi qu'vne fumée,
Mais malgré le destin, & son puissant effort,
Ell' sera Quelque chose encore apres la mort.
  Rien ne se fait de Rien en la machine ronde :
De Quelque chose est faict tout ce qui est au
    monde.
Car Dieu considerant, dés le commencement,
Que Rien n'estoit pas bon, crea premierement
Quelque chose côfuse, & sans vie & sans forme,
Obscure, mal plaisante, embroüillee & dif-
    forme,
Dont il fit puis apres son Palais azuré,
Qui fust en mesme instant richement surdoré,
De cent mille flambeaux qui nous donnent lu-
    miere :
D'icelle il fit aussi la nature legere

ou feu prompt & de l'air, les oyfeaux efmaillez
L'element fluctueux, les peuples efcaillez,
La grand mere Cybelle, & tout ce qu'elle enferre
Dedans fes larges flancs, ou porte fur fa terre.
Hercul, Hector, Achil, le rempart des Gregeois,
Alexahdre, Cefar, & plufieurs autres Rois,
Ont bien fceu & monftré, que pour acquerir gloire,
Et en grauer leurs noms au Temple de me-
moire,
Faut faire Quelque chofe. Et c'eft pourquoy auffi,
Monfieur, les enfuiuans, vous auez fait ainfi,
Vous ruant à trauers des plus chaudes alarmes.
Prouuant voftre vertu par la vertu des armes,
Et ayant remporté pour vn noble loyer,
Le beau tiltre & l'honneur d'vn vaillant Che-
ualier,
O que ne fuis-ie donc Quelque chofe pour
dire,
Et chanter dignement fur les nerfs de ma lyre
De vos rares vertus le los bien merité,
Et vous eternifer d'vne immortalité !
Mais n'ayant pas tant d heur, cependant Quel-
que chofe
A fait que maintenant i'efcry & ie compofe

Ces petits auoortŏs, qui n'ont eu leurs faueurs
Du Dieu porte-laurier , & des nœuf doctes
        Sœurs :
Et neãtmoins, ᴍonſieur,(pardónez-moy ſi i'oſe
Vous aſſeurer cela) ſi ſont ils Quelque choſe,
Vn autre vous fera des preſens ſomptueux,
Nobles,dignes de vous,exquis & precieux,
ᴇt toutesfois en fin, quoy que ce ſoit qu'il dóne
Ce n'eſt que Quelque choſe, & fuſt-ce vne
        couronne.
Si donc quelqu'vn s'enquiert que ie fay ce
        preſent,
Quelque choſe dira mon bel esbattement.
Auſſi à Quelque choſe employer ſa ieuneſſe,
Vaut mieux que ne Rien faire & languir en
        pareſſe,
   Mais c'eſt trop arreſter, Muſe, en ſi bas diſ-
        cours,
Eſleue toy plus haut d'vn plus agile cours,
Inuoquant Apollon,& ſa trouppe iolie :
Et puis tu trouueras en la Philoſophie,
que Quelque choſe obtient pour ſa capacité,
Entre les tranſcendans,l'honneur de primauté.
ᴛu cognoiſtras auſſi Quelque choſe plus grãde
que n'eſt vn Iupiter, ny que l'antique bande
Des fantaſtiques Dieux,qui ont eſté mortels,
Et eſtoient adorez comme Dieux immortels.

Tu trouueras encor Quelque chose sacree,
Plus haute infini'ment que la voûte ætheree,
De laquelle chacun sent bien la force en soy :
Mais on la cognoist mieux par vne viue foy,
Que par quelque raison : dont l'essence indi-
    cible,
Immuable, eternelle, & incomprehensible,
Ne se peut conceuoir par nostre entendement :
Car Quelque chose n'a fin ne commécement,
Et si est toutesfois des fins la fin derniere,
Et de tout ce qui est la grand cause premiere.
quelque chose est aussi la source de beauté,
De puissance, bon-heur, de vie & de bonté,
quelque chose est tousiours à soy-mesme sem-
    blable,
Et à toute autre chose elle est tres-dissembla-
    ble :
Elle nous fait les temps, les saisons & les mois.
quelque chose commande aux Tyrans & aux
    Rois,
Les fait & les defait, & est trop plus puissante
que le cruel destin, & Fortune inconstante.
En fin quelque chose est tout ce que l'on peut
    voir,
Et ce qu'on ne voit pas, ce qu'on peut conce-
    uoir,
Et qu'on ne conçoit pas, tres-saincte & tres-

heureuſe,
Creée de ſoy-meſme, vnique & glorieuſe,
Et plus que tout cela cent mille & mille fois:
Pour l'amour de laquelle, vn grand ſage Gre-
  geois
Eſperant de ioüyr de la vie immortelle,
Ne douta point iadis de perdre la mortelle :
Bref, tant plus Simonide autresfois contem-
  ploit
quelque choſe, tant plus obſcure il la trouuoit,
Ainſi qu'il reſpondit à vn Roy de Sicile :
Qui auoit demandé choſe trop difficile.
 Ne vous eſtonnez donc, Monſieur, ſi ie fais
  fin,
Car il faudroit auoir vn eſprit tout diuin,
Pour comprendre & traitter quelque choſe
  infinie :
Et mon ame eſt humaine, ignorante & finie ;